RAHAN

La rivière empoisonnée

D'après la série « Rahan, fils des âges farouches »
D'après la bande dessinée par Roger Lécureux et André Chéret
Développé pour la télévision par Jean Pêcheux et Pascal Morelli
D'après un scénario original de Marco Beretta et Nadine Lamari
Réalisé par Pascal Morelli

Une production Xilam Animation – Raifiction et Castelrosso films

Maquette : Fabienne Vérin

18, rue Barbès, 92128 Montrouge Cedex
Dépôt légal : avril 2013

ISBN : 978-2-7470-3512-5

Loi n° 49-956 du 16 juillet 1949 sur les publications destinées à la jeunesse
Imprimé en Espagne par Novoprint

Christophe Lambert

RAHAN

La rivière empoisonnée

bayard jeunesse

Il y a bien longtemps, en ces âges farouches
que l'on appellerait un jour la préhistoire,
survivait un jeune chasseur.
Orphelin, il avait été recueilli et élevé
par Craô, chef du clan du Mont Bleu.
Une nuit, la montagne avait vomi
ses entrailles de feu, n'épargnant
que le jeune garçon, RAHAN.
Depuis cet évènement,
le fils de Craô était parti à la découverte
du monde et de ceux-qui-marchent-debout,
ses frères...

Suivons la piste et accompagnons RAHAN,
l'homme aux cheveux de feu,
au cœur de ses incroyables aventures !

RAHAN
Les personnages

Ursus, **petite créature,**
est l'esprit d'un puissant ours des cavernes
que la Reine des Ombres a enfermé
dans un corps ridicule et poilu.

Rahan, jeune homme de 16 ans
et chasseur solitaire,
rêve de voir ceux-qui-marchent-debout
vivre en paix.

Le clan des Cavernes est en parfait accord avec le souffle de la nature.

Bakur est le chef du clan des Cavernes, un chef fier et courageux.

Tetya est la chamane du clan des Cavernes. Aveugle, cette jeune femme est dotée de pouvoirs immenses.

Le **clan des Loups**
a installé son campement dans le creux de la vallée.

Sanga désire avant tout devenir le chef des Loups. Il est intelligent mais calculateur, menteur et dévoré par la haine.

Drak, le sorcier du clan des Loups, œuvre en secret pour la Reine des Ombres.

Mogo est le chef du clan des Loups. C’est une force de la nature qui adore se battre et chasser.

Noama est la chasseresse du clan des Loups, fougueuse et intrépide.

1

Un grand malheur

Drak, le sorcier du clan des Loups, s'était isolé dans sa sinistre hutte décorée d'ossements. Pour l'heure, il fixait d'un œil inquiet le bijou accroché à son collier. Il s'agissait d'une pierre noire et lisse, en forme de papillon.

– Alors, qu'attends-tu, Esprit du Mal ? questionna Drak sans cesser de regarder la pierre. La Reine des Ombres m'avait promis...

Soudain, il sentit un frémissement.

Le bijou brillait d'une lueur de plus en plus intense, tout en diffusant une douce chaleur.

– Oui, c'est ça, murmura Drak.

Le papillon noir s'animait ! Il se mit à battre des ailes, se décrocha du pendentif et prit son envol.

« La Reine des Ombres tient toujours ses promesses », songea le sorcier.

L'insecte magique sortit de la hutte et s'éloigna vers les montagnes. Une fois la ligne de crête franchie, il se mit à grossir jusqu'à atteindre une taille bien supérieure à celle d'un aigle aux ailes déployées.

Dans le campement des Loups, personne n'avait prêté attention au papillon. Les femmes préparaient le repas du soir pendant que les hommes discutaient. Un guerrier nommé Guna était occupé à confectionner un collier composé de coquillages, de dents d'animaux et de pierres multicolores. Il travaillait avec application et Mogo, son chef, paraissait satisfait du résultat.

– C'est exactement ce que Mogo voulait, déclara le chef des Loups. Voilà un cadeau digne de l'homme qui l'a arraché aux griffes de la mort.

Il faisait allusion à Rahan. Quelques lunes plus tôt, un démon caché dans les

montagnes avait dérobé l'esprit de Mogo* et, sans l'intervention du fils de Craô, le chef aurait terminé ses jours à l'état de mort-vivant.

Le jeune Enok se tourna vers son père, l'air rancunier :

– Enok ne participera pas à la cérémonie. Cheveux de Feu t'a peut-être sauvé, mais il est toujours un vagabond sans clan dont il faut se méfier.

– Mon fils, soupira Mogo. Pourquoi tant de haine ?

* Voir l'épisode *La Montagne qui Pleure*.

Enok s'éloignait déjà, le menton bas et les poings serrés. Le chef secoua la tête, déçu. Le jeune homme était impulsif et se laissait souvent dominer par la colère ou la jalousie. Il aurait aimé chasser comme Rahan, se battre comme Rahan, bref, être Rahan… d'autant plus que ce dernier ne laissait pas indifférente Noama, la plus jolie fille du clan. Justement, Enok passait devant la belle brune quand elle l'interpella :

– Où vas-tu ?

– Qu'est-ce que cela peut te faire ? cracha le garçon en guise de réponse.

– Tu ne restes pas pour la cérémonie ?

– Oh, assez, avec cette cérémonie ! Vous n'avez que ce mot-là à la bouche, tous, au village !

– C'est normal. Nous devons honorer Cheveux de Feu. Ton père lui doit la vie. En tant que fils du chef, tu…

Enok eut un rire sombre et rageur :

– Pfff, Mogo préférerait mille fois avoir Rahan comme fils, plutôt que moi !

– Tu dis des bêtises, protesta Noama.

Enok avait les larmes aux yeux. Il s'enfonça dans les buissons, et les branches mortes craquèrent sous ses pas résolus.

Rahan et Ursus marchaient le long d'un sentier herbeux tout en discutant joyeusement.

Le chemin descendait vers une rangée d'arbres. Troncs et feuillages cachaient la rivière aux yeux des deux compagnons, néanmoins ils pouvaient entendre la douce musique de l'eau glissant sur son lit de pierres.

– Alors, quel effet cela fait d'être une vedette ? demanda Ursus.

Rahan fronça les sourcils :

– Une quoi ?

Son ami employait parfois des mots bizarres.

– Une vedette, une star… Les Loups organisent bien une fête en ton honneur, non ?

– Oh, ça ? Rahan se moque des honneurs, tu le sais.

Les taillis s'écartèrent pour laisser apparaître Noama, plus belle et sauvage que jamais. Aussitôt, le cœur du fils de Craô se serra. Il nourrissait de tendres sentiments à l'égard de la jeune chasseresse, même s'il aurait préféré se laisser dévorer vivant par des fourmis rouges plutôt que de l'avouer.

– Ah, Rahan, te voilà, dit Noama.

– Que se passe-t-il ? questionna le chasseur blond.

– C'est Enok. Il se sent seul et exclu. Son cœur s'obscurcit de jour en jour. S'il continue comme ça, il pourrait devenir dangereux pour le clan, pour lui-même... et pour toi.

– Rahan sait se défendre, ne t'inquiète pas.

– Noama s'inquiète surtout pour Enok, poursuivit la jeune fille. Colère et jalousie sont de mauvaises conseillères pour un esprit tourmenté. Elles ne peuvent mener que sur un noir chemin.

– Sages paroles, acquiesça le fils de Craô. Rahan ne comprend pas la jalousie.

Ce sentiment lui était totalement étranger. Il essayait de mener sa vie du mieux possible, en faisant le bien autour de lui. Il souhaitait le bonheur de ses semblables, ceux-qui-marchent-debout, sans calculs ni arrière-pensées.

– T'en as pas assez, des fois, d'être parfait ? le taquina Ursus.

– Oh, Rahan a des défauts, sourit le jeune homme en tapotant le crâne de son petit camarade. Seulement, il n'en fait pas étalage, lui !

Ursus grogna et rigola en même temps. Redevenant sérieux, Rahan continua :

– Enok n'a pas une place facile. Il n'est guère évident d'être le fils d'un chef.

Il savait de quoi il parlait, il se souvenait très bien de sa propre enfance dans l'ombre de Craô le Sage, son père adoptif.

Noama grimaça :

– Rahan, quand diras-tu à ton animal domestique de prendre un bain ?

– Animal domestique ? s'offusqua Ursus. Non, mais, hé, ho, tu m'as bien regardé, espèce de grande sauterelle toute blanche ?

– Noama t'a surtout bien SENTI, répliqua la jeune fille.

Ursus regarda sous ses pattes pour voir s'il n'avait pas marché dans quelque chose d'innommable. Mais non, il n'y avait rien.

– C'est pas moi, plaida-t-il.

– Tu es sûr ? gronda Noama.

– Sûr et certain, ça vient de par là…

Ursus montrait la rangée d'arbres en contrebas du chemin.

Ils descendirent jusqu'à la rivière. Là, une surprise de taille les attendait ! L'eau moussait. Elle avait pris une couleur verte absolument pas naturelle. Des carcasses d'oiseaux ainsi que d'autres animaux dérivaient au fil du courant, et de nombreux poissons flottaient le ventre en l'air. Une véritable catastrophe !

– Qu'est-il arrivé à la rivière ? fit Rahan, les yeux écarquillés.

– Noama ne comprend pas, ajouta son amie.

Ursus bomba son torse poilu :

– Ah, je vous l'avais bien dit que c'était pas moi, pour l'odeur.

En temps normal, Rahan lui aurait répondu sur le ton de la plaisanterie, mais il était trop préoccupé pour faire de l'humour.

Noama partageait son sentiment.

– C'est terrible, déclara-t-elle, horrifiée.

2

La colère de Bakur

– C’est terrible, dit Tetya.

La chamane aveugle paraissait pâle comme un mort. Daro, l’un des meilleurs chasseurs du clan des Cavernes, venait de lui soumettre un bol rempli d’un liquide verdâtre et puant. Il était de corvée d’eau quand il avait pris le chemin de la rivière, une heure plus tôt, sans se douter de ce qu’il allait trouver là-bas. Il était revenu au camp – un ensemble de huttes réunies à l’abri d’une grande saillie rocheuse, tout contre les falaises – aussi vite qu'il avait pu, en essayant de renverser le moins de liquide possible. Bakur, le chef du clan, avait aussitôt convoqué sa chamane et ses meilleurs guerriers. L'inquiétude se lisait sur les visages de ceux qui étaient rassemblés autour de la jeune aveugle.

– Daro, tu es sûr que toute la rivière est contaminée ? demanda celle-ci.

Le chasseur fit « oui » de la tête.

– C'est Cheveux de Feu qui a causé ce malheur ! s'exclama Bakur.

– Pourquoi dis-tu cela ? questionna Tetya.

Bakur leva l'index, solennel :

– Cheveux de Feu a sauvé Mogo du Démon des Pierres et, ainsi, il a irrité les esprits !

Le clan des Loups et celui des Cavernes étaient ennemis depuis des générations. Malgré tous ses efforts, Rahan n'avait pas encore réussi à les réconcilier. Les paroles de Bakur déclenchèrent une grande agitation parmi les siens :

– Oui, l'Esprit du Fleuve est en colère !

– C'est à cause de Cheveux de Feu !

– Il est responsable de cette catastrophe !

Tetya rétorqua :

– L'Esprit du Fleuve n'est pas en colère. Il souffre.

– Peu importe, dit Bakur. Une chose est sûre : Cheveux de Feu a troublé l'ordre naturel et il doit payer.

À cet instant, une sentinelle sortit de la forêt toute proche et se dirigea en courant vers le groupe.

– Chef, chef ! criait le chasseur.

– Que se passe-t-il ? lança Bakur.

– Le fils de Mogo a été aperçu en train de rôder aux abords des grandes clairières !

Bakur réfléchit pendant que l'homme essayait de reprendre son souffle. Un sourire rusé s'épanouit sur son visage.

– C'est un signe, dit-il. Un don des esprits qui veulent nous aider à réparer le sacrilège. Il ne faut pas rater cette occasion !

Il empoigna sa lance, aussitôt imité par les autres guerriers.

Enok s'était assis sur un grand rocher dressé au milieu de la clairière. Il avait besoin de réfléchir. Trop de pensées tournaient dans sa tête, pareilles à des cous-sans-plume au-dessus d'un gibier mort. Il avait l'impression que Rahan cherchait à lui voler sa place, aussi bien auprès de son père que dans le cœur de Noama. Mais il devait également reconnaître que le chasseur blond avait des qualités : bravoure, loyauté, ténacité, générosité, sagesse… Rahan aimait répéter que les griffes de son collier l'aidaient à se guider dans ses choix, chacune d'elles symbolisant l'une des cinq

qualités tant vantées par Craô. Décidément, ce Cheveux de Feu était un personnage unique et déroutant...

Tout à coup, un hennissement tira Enok de ses pensées. Un troupeau de chevaux sauvages paissait non loin de lui, dans la clairière. Les animaux se dispersèrent en martelant l'herbe de leurs sabots.

« Ils ont dû sentir quelque chose », se dit le jeune homme.

Il se tourna dans la direction du vent. Des buissons avaient bougé.

Sans perdre une seconde, Enok sauta du rocher et se mit à courir.

– Il nous échappe ! cria quelqu'un dans son dos.

Il se dévissa le cou pour voir Bakur et ses guerriers qui jaillissaient des fourrés. Ceux des Cavernes étaient armés jusqu'aux dents et menaçants, mais Enok avait une belle avance et des jambes solides. Il avisa

un second groupe de chevaux qui broutait l'herbe droit devant lui.

« Si Enok parvient à semer la panique chez les sabots-de-vent, il a peut-être une chance de s'en sortir », songea-t-il.

Dérangé par son approche, le troupeau s'écarta en éventail et révéla en son centre la présence d'un énorme rhinocéros laineux. Enok se figea. Il ne s'attendait pas à une telle rencontre. Sans cesser de le regarder de ses petits yeux brillants, l'animal baissa la tête et souffla par les naseaux, tout en grattant le sol avec l'une de ses pattes avant.

« Oh, oh », se dit Enok.

Il amorça un demi-tour rapide, repartit en courant, et ce fut au tour des guerriers des Cavernes de marquer un temps d'arrêt.

– Qu'est-ce qui lui prend ?

– Il revient vers nous !

Bakur fit taire ses hommes. Il avait reconnu la silhouette massive qui, noyée dans un nuage de poussière, chargeait derrière le jeune chasseur.

– Un longue-corne, lâcha-t-il. Enok l'amène vers nous !

Les farouches guerriers se dispersèrent. Enok n'était plus qu'à quelques mètres d'eux. Il plongea sur le côté, évitant de justesse la corne mortelle. Emporté par son élan, le rhinocéros mit plusieurs mètres à freiner et laboura le sol de ses grosses pattes.

Enok se releva en jetant un regard malicieux à ceux des Cavernes, qui n'osaient plus bouger, de crainte d'attirer sur eux la colère de l'animal sauvage.

– Il faut désorienter le longue-corne ! aboya Bakur.

Les guerriers se mirent à crier et à agiter leurs lances. Le rhinocéros esquissait un mouvement, puis changeait de direction avant de renoncer et de se tourner vers un nouvel adversaire. Il ne savait plus où donner de la tête : il y avait trop de cibles autour de lui !

Pendant ce temps, Enok était reparti, talonné de près par Bakur. Les deux hommes s'enfoncèrent dans la forêt. Le sol était en pente. Le fils de Mogo slalomait de plus en plus vite entre les arbres, frôlant l'écorce des troncs. Il arriva bientôt au bord d'une falaise haute d'une dizaine de mètres. La paroi était lisse et offrait peu de prises. Enok avisa un épais tapis de feuilles, en bas.

Il se jeta dans le vide. La chute lui parut interminable puis, sans transition, il se reçut en roulade avant parmi les feuilles qui voltigeaient dans tous les sens.

Un regard vers le haut : son poursuivant était parvenu à son tour au bord du dangereux précipice.

« Bakur est trop vieux, songea Enok. Il ne sautera pas. Il aura trop peur de se briser les os ! »

C'était mal connaître le colosse ! Il prit son élan, se propulsa dans les airs et atterrit là où Enok avait roulé quelques secondes plus tôt. Sa galipette était moins gracieuse que celle du jeune homme, ce qui ne l'empêcha pas de se rétablir sans une égratignure ! Enok était pétrifié.

« Il a osé !? »

Les adversaires s'empoignèrent sauvagement, agilité et réflexe contre force brute et expérience.

– Tu pensais que ça allait être si facile ? cracha le chef. Bakur ne renonce jamais !

– Tu parles trop ! répliqua Enok.

Le jeune Loup fit basculer Bakur par-dessus son épaule. Il allait s'enfuir quand le chef ennemi glissa un bâton entre ses jambes. Il trébucha et s'écroula au sol.

Un guerrier atterrit non loin de là. Il s'agissait de Bog, un autre membre du clan des Cavernes. Il n'avait pas hésité à se jeter dans le vide, lui aussi.

– Ne le laisse pas s'enfuir ! ordonna Bakur.

Bog sauta sur Enok pendant que Bakur dénouait une corde enroulée à sa taille. Le fugitif avait beau se débattre, il ne faisait pas le poids face à deux hommes aussi robustes. Bakur lui attacha les mains derrière le dos, puis il lui tira la tête en arrière par les cheveux.

– Tu nous as donné du mal ! ricana-t-il. Mais, à présent, Bakur te tient.

Enok s’arc-bouta. Sa liberté de mouvement était très réduite, car on le maintenait fermement. Impuissant, il poussa un cri de frustration qui monta jusque dans les plus hauts feuillages et fit s’envoler des grappes d’oiseaux effrayés.

3

Une vie contre une autre

– Sois le bienvenu parmi nous, Cheveux de Feu, dit Mogo.

Il avait revêtu une cape ornée de coquillages et tenait dans ses mains le collier qu'il comptait offrir à Rahan. Autour de lui, les Loups souriaient avec bienveillance. Tous reconnaissaient enfin la valeur de celui qu'ils considéraient naguère comme un espion au service de leurs ennemis héréditaires. Tous ? Enfin, presque. Drak le sorcier avait passé la tête hors de sa hutte et regardait la scène d'un œil mauvais. Son ami Sanga le Balafré se tenait lui aussi à l'écart, les bras croisés, l'air contrarié. Sanga ne portait pas Rahan dans son cœur. La haine couvait en lui, telle la braise sous les cendres.

– Vois, Cheveux de Feu, reprit Mogo. Le clan t'accueille comme un frère.

Mais les visages graves de Rahan, Noama et Ursus contrastaient avec les sourires des Loups.

– Rahan a peur que le moment soit mal choisi, dit le chasseur blond.

L'expression joyeuse des villageois se fana pour laisser place à l'incompréhension.

– Nous venons de la rivière, ajouta Noama. Il est arrivé un terrible malheur...

Cette fois, les Loups étaient franchement inquiets. Rahan reprit la parole :

– Les eaux de la rivière sont pourries. La mort coule désormais à travers la vallée. Nous courons tous un grand danger !

Les doigts de Mogo se crispèrent sur la cordelette du collier. Son expression angoissée en disait long sur ce qu'il ressentait.

– Comment est-ce possible ? questionna-t-il d'une voix tremblante.

– Il y a sûrement une explication naturelle à tout cela, répondit Rahan. Remontons la rivière ensemble et nous aurons des réponses.

Drak le sorcier ne désirait pas attirer l'attention sur lui, aussi n'esquissa-t-il qu'un très léger sourire en coin.

– Pas la peine d'aller si loin, Cheveux de Feu ! fit une voix dans le dos de Rahan.

Tout le monde se tourna vers le chasseur qui venait de faire son entrée dans le village. Il s'agissait de Bog, le bras droit de Bakur. Il était accompagné de deux autres guerriers des Cavernes et tous trois marchaient au milieu des huttes d'un pas fier et intrépide.

– Vous paraissez bien sûrs de vous pour des hommes qui se jettent ainsi dans la gueule du gorak ! grinça Mogo.

– Il y a une raison à cela, fit Bog avec un sourire narquois.

Déjà, de nombreux Loups avaient levé leurs armes et étaient sur le point d'attaquer le trio d'effrontés.

– Attendez ! ordonna leur chef. Laissez-les parler.

Bog et ses compagnons s'arrêtèrent au milieu de la foule, sur une espèce de place centrale.

– Ton fils est notre prisonnier, Mogo, déclara Bog.

Mogo encaissa la nouvelle comme un coup de poing. Il faisait un gros effort sur lui-même pour rester calme.

– Gare à vous, rats des Cavernes, si jamais vous osez toucher à un seul cheveu d'Enok, lâcha-t-il en articulant avec soin chaque syllabe.

– Ce n'est pas ton fils qui nous intéresse, répliqua Bog.

Il désigna alors Rahan du doigt :

– C'est Cheveux de Feu que nous voulons !

– Wouah, grommela Ursus en donnant un coup de coude à son ami. Tu es vraiment très populaire en ce moment !

Le fils de Craô fixa durement Bog et dit :

– Rahan ne comprend pas à quoi rime tout cela.

Bog s'approcha de Rahan.

– En sauvant Mogo du Démon des Pierres, tu as déclenché la colère de l'Esprit de la Rivière, expliqua-t-il.

– Je ne vois pas le rapport, intervint Ursus.

Le chasseur blond lui fit signe de se taire.

– As-tu une preuve de ce que tu avances ? demanda-t-il à Bog.

Le guerrier des Cavernes parut soudain pris au dépourvu.

– Pas besoin de preuve, dit-il enfin. C'est une question de bon sens. Tu dois donner ta vie pour sauver celle de la vallée… et celle du fils de Mogo.

– Tetya est-elle au courant de cette transaction ? risqua Rahan, méfiant.

– Ce n'est pas elle qui commande le clan des Cavernes, riposta Bog.

– Oui, mais c'est elle qui connaît le mieux les esprits de la vallée. Rahan pense que son avis a de l'importance…

Bog frappa le sol de sa lance. Il perdait patience.

– Assez de salive dépensée ! cracha-t-il. Viendras-tu échanger ta vie contre celle d'Enok ?

Drak s'était glissé sans bruit au milieu des Loups rassemblés. Il surprit tout le monde en déclarant :

– Une fois n'est pas coutume, on dirait que nos rivaux proposent un accord sensé. L'échange semble raisonnable.

– Il n'y aura pas d'accord tant que Mogo n'aura pas vu son fils ! tonna le chef des Loups. Ramenez Enok et, ensuite, nous parlerons !

– Laisse-nous emmener Cheveux de Feu et nous reviendrons avec ton fils, promit Bog.

Drak posa une main sur l'épaule de Mogo :

– Cheveux de Feu se déplace seul et sans clan. Tu n'es pas responsable de lui.

– Il est notre invité, répliqua le chef. On ne peut pas le livrer ainsi.

– Ton honneur est sauf, Mogo, dit Rahan. Et ton fils le sera également bientôt. Rahan se livre au peuple des Cavernes de sa propre volonté.

– Mais… ils vont te tuer ! s'écria Noama.

Elle paraissait bouleversée. Jamais le fils de Craô ne l'avait vue aussi émue. Son cœur se serra. La jeune fille éprouvait-elle des sentiments pour lui ?

« Allons, se sermonna-t-il. Tu as des problèmes plus urgents à régler. »

– Rahan n'a offensé aucun esprit, déclara-t-il posément. Et il a la ferme intention de le prouver.

– Dans ce cas, suis le destin que tu as choisi, soupira Mogo.

Le chef avait l'air abattu. Drak, au contraire, jubilait. Le plan qu'il avait conçu fonctionnait au-delà de ses espérances.

– Je t'accompagne, Rahan, dit Ursus.

Le chasseur blond se tourna vers Bog, qui haussa les épaules et répondit :

– La petite chose peut venir si elle le désire.

Et c'est ainsi que Rahan et Ursus quittèrent le village, escortés par les trois chasseurs des Cavernes.

Noama se tourna vers Mogo, Drak et les autres Loups :

– Comment avez-vous pu laisser faire une chose pareille ? Vous êtes tous des lâches !

Mogo baissa le menton, honteux, et la jeune fille partit de son côté, le rouge aux joues et les larmes aux yeux.

Les guerriers et leurs prisonniers avaient emprunté un chemin forestier qui serpentait entre les grands arbres. Rahan ne disait rien. Il semblait plongé dans une profonde réflexion. Ursus l'observait du coin de l'œil. Il sentait que son ami mijotait quelque chose, mais il ne savait pas quoi.

– Tu comptes vraiment te rendre à Bakur, Rahan ? demanda-t-il à voix basse.

– Tu verras bien, répondit le fils de Craô avec un clin d'œil.

4

Rahan passe à l'action

Bakur attendait le retour de ses guerriers. Les heures passaient et la délégation des Cavernes ne donnait pas signe de vie. Bakur savait Rahan aussi fort que rusé, mais il le savait également doté d'un code d'honneur sans failles. Jamais le fils de Craô n'accepterait de laisser périr un innocent à sa place. Il allait se livrer, c'était sûr et certain.

« Alors pourquoi mes hommes tardent-ils tant ? » se demandait le chef.

Il en était là de ses réflexions quand une voix puissante lança :

– Tu attends quelqu'un, Bakur ?

Celui-ci leva les yeux et faillit laisser échapper une exclamation de surprise : le chasseur blond était perché sur un arbre, à la lisière du campement.

– Oui, c'est bien Rahan qui se tient devant toi, plaisanta le jeune homme. Il a préféré venir par le chemin des arbres, finalement. Tes hommes ont renoncé à lui courir après.

Rahan sourit. Fausser compagnie à Bog et aux autres chasseurs n'avait pas été très compliqué. Ursus était parti de son côté, dans des fourrés.

Bakur se dressa, furieux. Un attroupement se forma rapidement autour de lui.

– Cernez-le pendant que je parle avec lui, glissa-t-il à voix basse à l'un de ses guerriers.

Aussitôt, les hommes commencèrent à se déployer en arc de cercle.

– Bakur t'attendait, en effet, acquiesça le chef en reportant son attention sur le fils de Craô.

– Te voilà donc satisfait, dit Rahan. Où est Enok ?

– Ton ami est en vie… pour l'instant.

Bakur fit un geste à un guerrier qui tenait une longue liane dans ses mains. L'autre extrémité de la liane disparaissait à l'intérieur d'une hutte. L'homme tira dessus et fit sortir Enok. Le prisonnier, qui avait les mains attachées derrière le dos, était ligoté

avec des cordes. Un bâton passé dans ses bras l'empêchait de se débattre. Il serrait les dents, furieux et impuissant.

– Tu peux libérer Enok, à présent, suggéra Rahan, toujours juché sur sa branche.

Il avait remarqué que les guerriers des Cavernes se rapprochaient, mais il paraissait ne pas s'en alarmer.

Bakur secoua la tête :

– Enok était avec toi quand tu as offensé le démon de la Montagne qui Pleure. Il devra donc être puni, lui aussi.

– Tu parles comme une vieille femme superstitieuse, riposta Rahan. La magie existe, mais elle n'explique pas toujours tout. Et si une cause naturelle était à l'origine de la catastrophe de la rivière ? Tu y as pensé ? Un éboulement a pu se produire à proximité de la source ou un animal est peut-être en train de pourrir dans l'eau, en amont…

Tetya, la chamane aveugle, avait rejoint le petit attroupement. Elle réagit aussitôt aux dernières paroles de Rahan :

– Je suis désolée, Cheveux de Feu, mais je sens une influence magique derrière la catastrophe… Une influence maléfique…

– Remontons tous ensemble le cours de la rivière et nous en aurons le cœur net, proposa Rahan.

Tetya ferma les paupières et dit :

– Le cœur de Cheveux de Feu est sincère. Pourquoi ne pas l'écouter ?

Le chef sourit :

– C’est vrai, Rahan est un homme de bon sens. Peut-être Bakur devrait-il l’écouter… mais il l’entendra mieux quand Rahan sera à genoux devant lui !

Les guerriers des Cavernes attendaient ce signal pour agir. L’un d’eux sauta et saisit la cheville de Rahan, qui se dégagea d’un coup de pied. Pendant ce temps, d’autres hommes grimpaient le long du tronc. Rahan avisa la branche au-dessus de lui, mais elle était trop haute.

« Piégé ! » se dit-il.

Il repoussait un premier assaillant quand un deuxième se jeta sur lui, le déséquilibra, et tous deux chutèrent lourdement au sol.

– Il est à nous ! exulta Bakur.

Tous les guerriers se ruèrent sur le chasseur blond, qui n'avait pas encore eu le temps de se remettre sur ses pieds.

– NOOON ! cria une voix féminine.

Rahan crut d'abord qu'il s'agissait de Tetya, mais cette voix-là était plus rauque, plus sauvage...

« Noama ! » songea-t-il, une seconde avant de voir la jeune fille qui se jetait dans le vide, suspendue à une liane.

Les guerriers se tournèrent dans la direction du cri, mais trop tard : ils n'avaient plus le temps d'éviter le projectile humain qui fondait sur eux. *Bing !* Noama percuta le groupe de plein fouet et les hommes furent projetés dans tous les sens.

– Tu n'aurais pas dû venir, grinça Rahan.

– De rien, fils de Craô.

Noama arborait son sourire de fripouille, ce sourire que Rahan aimait tant. Elle ajouta :

– Épargne ton souffle et bats-toi !

Rahan n'avait pas besoin d'encouragements. Il repoussa sans difficulté la charge de deux chasseurs qui essayaient de le prendre à revers, puis il esquiva la hache d'un troisième qui, lui, attaquait de front. Voyant Bakur courir vers elle, arme au poing, Noama ramassa une lance pour se défendre. Les deux adversaires se tournaient autour en s'observant.

Tout en combattant, Rahan s'était déporté vers la hutte devant laquelle Enok se tenait. Le guerrier qui gardait le prisonnier s'apprêta à barrer le passage à Rahan. Enok lui sauta à la gorge par-derrière.

– Bravo, sourit Rahan.

Il plongea jusqu'à un pilier soutenant la charpente de la hutte et tira dessus de toutes ses forces. Enok le regardait, l'air interdit.

– Que cherches-tu à faire, Cheveux de Feu ?

Rahan ne répondit pas. Ses muscles étaient bandés et la sueur coulait sur sa peau.

– RAHAAAA !!! hurla-t-il quand le poteau s'arracha du sol.

Le toit de la hutte s'écroula dans un grand nuage de poussière.

– Oh, je comprends mieux, commenta Enok en voyant le fils de Craô faire des moulinets avec le pilier ainsi dégagé.

Rahan frappait tous les guerriers qui osaient s'approcher de lui ou d'Enok en se servant de son arme improvisée comme d'un gigantesque gourdin.

– Viens, Noama ! cria-t-il. On file !

La jeune fille se fendit d'un sourire assassin adressé à Bakur :

– Nous continuerons ce duel une autre fois, dit-elle.

Elle bondit en arrière pour rejoindre Enok et Rahan, puis elle détacha le prisonnier en tranchant ses liens avec le silex taillé de sa lance.

– Ne les laissez pas s'échapper ! s'égosillait Bakur. Les esprits réclament leurs têtes !

Une grappe de guerriers se précipita sur les deux Loups et le chasseur blond. Celui-ci avait les muscles des bras engourdis. Il fit rouler son poteau plutôt que de le lancer. Le long rondin faucha les jambes des attaquants et ils basculèrent les uns sur les autres en poussant des jurons et des cris de douleur. Les trois fugitifs profitèrent de ce répit pour se jeter dans les buissons qui marquaient la frontière entre le camp et la forêt. Des cris émis derrière eux leur annoncèrent que la poursuite avait démarré. Ils coururent longtemps sans s'arrêter. Les basses branches et les ronces cinglaient leur peau nue, mais ils ne s'en souciaient pas. Une seule chose comptait : mettre un maximum de distance entre ceux des Cavernes et eux.

– Noama a besoin de souffler, finit par avouer la jeune fille au bout d'une demi-heure de course folle.

Ils firent halte derrière un buisson. Ils n'entendaient plus aucun bruit, à part ceux des animaux de la forêt.

– On les a semés, je crois, dit Enok.

– Oui, mais pour combien de temps ? marmonna Rahan.

Soudain, une branche craqua et le trio se raidit, prêt à voir surgir un animal ou un ennemi.

– N'ayez crainte, fit une voix bien connue.

– Tetya ? s'étonna Rahan.

– Oui, dit la chamane.

– Comment nous as-tu retrouvés si vite ? questionna Enok, sur la défensive.

La jeune aveugle se contenta de sourire de manière énigmatique.

– Tetya a des pouvoirs qui nous dépassent tous, commenta Rahan. Elle est capable de…

– Merci, Cheveux de Feu, mais les compliments seront pour plus tard, le coupa Tetya. Je crois que l'Esprit de la source qui alimente la rivière est victime d'une sorte de maléfice. Il s'agit d'un ennemi puissant et mauvais, et tu dois l'affronter, mon ami.

Ses yeux sans vie plongeaient dans ceux de Rahan. Le chasseur blond hocha la tête :

– C'est d'accord.

– Avec moi à tes côtés, compléta Noama.

– Et moi aussi, ajouta Enok.

– Non, fils de Mogo, répondit Tetya. Une autre tâche t'attend.

Le jeune homme se crispa instantanément et répliqua :

– Enok ne reçoit pas d'ordres d'une sorcière des Cavernes !

Pour toute réponse, Tetya toucha les cheveux du garçon, qui eut un mouvement de recul.

– Hééé ! fit-il.

Noama et Rahan écarquillèrent les yeux : les cheveux d'Enok étaient en train de blondir comme l'herbe sèche cuite et recuite par le soleil !

– Qu'est-ce que vous avez à regarder Enok comme ça ? lança le fils de Mogo.

– Tes... tes cheveux ? articula Noama.

Enok prit une mèche entre ses doigts et glapit, stupéfait :

– Qu'as-tu fait, sorcière ?

Il se dressa d'un bond et, aussitôt, la voix caverneuse de Bakur retentit :

– Il est là-bas, je le vois !

Tetya, malicieuse, conseilla :

– Tu ferais mieux de fuir, fils de Mogo...

Déjà, des exclamations guerrières répondaient à l'appel lancé par Bakur. Enok prit ses jambes à son cou.

– Voilà pour la diversion, sourit Tetya.

Elle se plaqua au sol. Rahan et Noama firent de même.

Les membres du clan de la jeune aveugle passèrent tout près d'eux sans les voir. Ils étaient persuadés de poursuivre le vrai Cheveux de Feu.

– Va, maintenant, fils de Craô, dit Tetya. Que ton cœur et ta main soient fermes. Notre avenir à tous dépend de toi.

Rahan et Noama se levèrent puis partirent à petites foulées en direction du fleuve.

5

L'origine du mal

Rahan et Noama avançaient dans la forêt sombre et humide. Des lianes juteuses pendaient des branches. Le sol était de plus en plus boueux.

– On se rapproche de la source, dit Noama.

Rahan cassa une grosse branche, qui, une fois débarrassée de ses feuilles, fit un bâton de marche convenable.

– Tu as entendu ? demanda Noama, sur le qui-vive.

Le fils de Craô avait perçu un bruit lui aussi. Cela provenait d'un buisson, sur leur gauche. Index pressé sur les lèvres, Rahan fit le signe « chut » à son amie puis il dégaina son coutelas, décidé à se défendre si jamais…

– Hééé, salut ! lança Ursus.

La petite créature venait de bondir devant les deux humains, qui se détendirent en poussant un gros « ouf » de soulagement.

– Qu'est-ce que tu fais là, Courtes Pattes ? questionna Rahan.

– Ben, je viens vous aider ! Sans moi vous n'auriez aucune chance !

– Si tu le dis, soupira Rahan en rangeant son arme dans sa gaine en peau de lézard.

Au même moment, Enok courait à en perdre haleine, sautant par-dessus les troncs renversés, contournant les arbres et les taillis les plus épais. Il avait beau maintenir une allure d'enfer, les guerriers menés par

Bakur étaient toujours lancés à ses trousses, et ils gagnaient du terrain petit à petit !

– Tu ne m'échapperas pas, fils de Craô ! cria le chef du clan des Cavernes.

Une lance siffla à l'oreille d'Enok. Une autre se planta dans le sol, quelques pas derrière lui, et il serra les dents.

« Voilà donc ce que cela fait, d'être Rahan ? » songea-t-il.

Tout d'un coup, il était nettement moins envieux à l'égard du chasseur blond !

Rahan et ses amis piétinaient à présent dans des flaques d'eau stagnante. La forêt était plus sombre que jamais, car les feuillages formaient comme le plafond d'une grotte au-dessus de leur tête. L'air était moite et une odeur de moisissure écœurante montait de la vase dans laquelle les trois compagnons pataugeaient.

– On se croirait en pleine nuit, râla Ursus.

– Courtes Pattes a raison, dit Rahan.

Il arracha une guirlande de végétation accrochée à une branche, puis l'enroula au bout de son bâton. Pendant ce temps, Noama cognait deux silex l'un contre l'autre. Quand l'étincelle espérée jaillit, le bout de la torche fabriquée par Rahan s'enflamma en quelques secondes.

– Ah, c'est mieux comme ça, le félicita son petit camarade.

La faible lumière qui dansait à l'extrémité du bâton ne pouvait entièrement dissiper les poches de ténèbres, mais, au moins, elle les tenait à distance.

Le trio reprit sa lente progression, avançant avec une prudence grandissante dans la boue visqueuse.

– J'entends comme une respiration, lâcha Ursus.

– Tu es sûr que ce n'est pas ton ventre qui gargouille ? le taquina Rahan. Tu es toujours affamé.

– Hé, je sais faire la différence, quand même, répondit la bestiole, vexée.

– Taisez-vous, tous les deux, ordonna Noama.

Une forme indistincte se dressait devant eux, pareille à une petite colline. Et c'était justement cette colline qui respirait bruyamment !

La gorge de Rahan se serra. Il plissa les yeux et avança sa torche, très lentement.

– Ben, ça alors ! glapit Ursus.

Si son pelage avait pu pâlir, il serait devenu tout blanc.

Une monstrueuse chenille se vautrait dans la source de la rivière, à moins de dix mètres d'eux. Elle était énorme, beaucoup plus grosse qu'un boak ! De petites pattes se tortillaient sous son corps bouffi.

Une silhouette bleutée et féminine semblait prisonnière de ce dernier, comme si elle avait été avalée.

– L'Esprit de la Rivière, murmura Noama.

– Eh bien, je crois que nous avons trouvé l'origine du problème, grogna Rahan.

– C'est quoi, ce truc ? hoqueta Ursus.

La jeune fille eut un petit rire dénué de joie :

– Je ne sais pas, mais hors de question d'attendre que « ça » attaque en premier !

Joignant le geste à la parole, elle ramassa une pierre, qu'elle glissa dans le cuir de sa fronde. La chenille géante tourna la tête quand elle entendit le sifflement de l'arme qui tournoyait. La pierre fendit l'air… mais n'atteignit jamais sa cible. La créature avait craché un jet de boue poisseuse, et le projectile se trouva englué en plein vol.

– Ho, ho, glapit Ursus, ça va être compliqué !

Il ne pensait pas si bien dire : le monstre se dressa de toute sa hauteur, tel un cobra prêt à frapper, et un cri inarticulé sortit de sa gueule. Il semblait furieux.

– Poussez-vous ! aboya Rahan.

Le trio s'écarta pour éviter d'être écrasé au moment où le corps massif retombait. Le sol trembla et des gerbes d'éclaboussures aspergèrent les aventuriers. Noama et Ursus avaient bondi d'un côté ; Rahan de l'autre.

– Qu’est-ce que tu fais ? lança la jeune fille à Ursus, qui était vautré sur elle.

– Je fais rempart de mon corps, déclara fièrement la bestiole.

La tête monstrueuse de la chenille pivota vers eux, et sa gueule s’ouvrit pour vomir un jet de boue mortel.

– Hé ! cria Rahan. Là ! Par ici !

La créature se tourna vers lui, délaissant les deux autres proies. C’était le moment que le fils de Craô attendait.

– Oui, viens, dit-il.

La gueule effrayante s’ouvrit de nouveau. Aussitôt, Rahan enfourna sa torche entre les mâchoires de l’ennemi. Cette technique lui avait déjà réussi plusieurs fois, lorsqu’il avait dû affronter des peaux-de-bois avec de simples bâtons.

Une sorte de rugissement bestial sortit des entrailles de la chenille. Sa tête prenait feu, mais il s’agissait de flammes étranges, surnaturelles, vertes et bleues, auxquelles se mélangeaient celles de la torche. Le monstre avait beau remuer dans tous les sens, le brasier le dévorait.

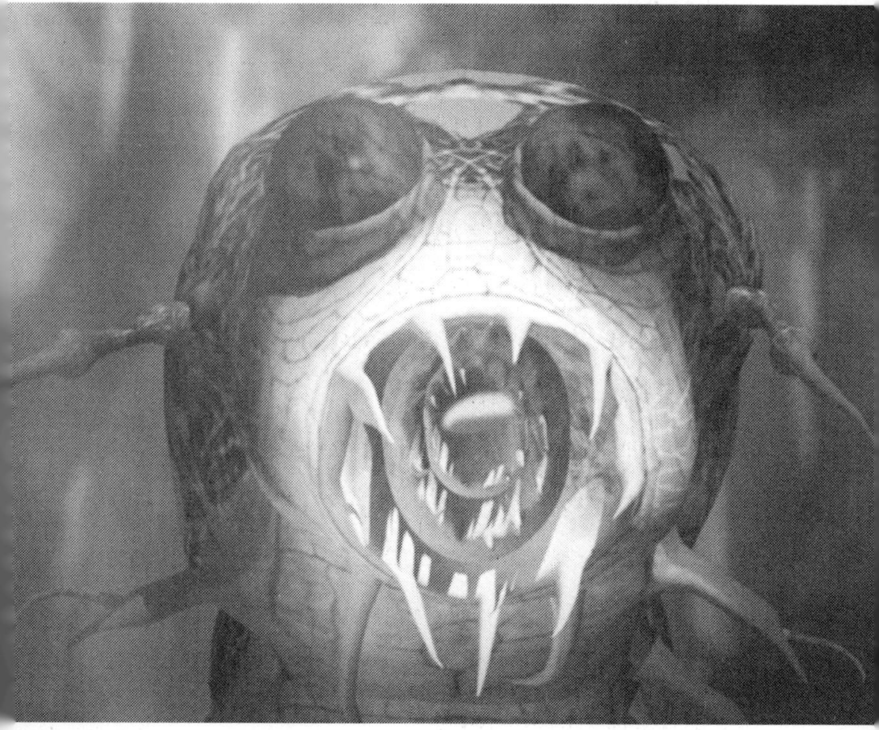

Rahan, Ursus et Noama reculèrent, sidérés par cet incroyable spectacle. La silhouette de la chenille était maintenant entièrement enveloppée dans un rideau de flammes qui ressemblait à un cocon incandescent. Puis celui-ci partit en fumée avec un grand POUF sonore. Un ultime nuage s'éleva : il avait la forme d'un immense papillon noir aux ailes déployées. Le nuage se dissipa à son tour. Il ne restait plus rien de la chenille, à part un tapis de cendres fraîches. L'Esprit de la Rivière, une jeune femme au

corps bleu et aux longs cheveux, adressa un sourire de remerciement à ses trois sauveurs. Elle était enfin libérée de l'emprise du monstre.

Aussitôt, on vit la nature renaître autour de la source. L'herbe et les feuilles retrouvaient leur belle couleur verte.

– Bon, promis, lança Ursus. Une fois que l'eau sera redevenue complètement propre, je prendrai un bain !

Ses amis éclatèrent de rire. Décidément, Courtes Pattes avait le chic pour faire retomber la tension en une seule réplique.

Le lendemain, le clan des Loups accueillit Rahan pour la cérémonie tant attendue. L'atmosphère était pleine d'allégresse, car on fêtait aussi bien le sauvetage de Mogo que celui de l'Esprit de la Rivière, dont les eaux étaient à nouveau limpides et grouillantes de vie. L'avenir de la Grande Vallée paraissait serein.

– Voilà pour toi, Cheveux de Feu, dit le chef du village, et il offrit le collier à son invité d'honneur.

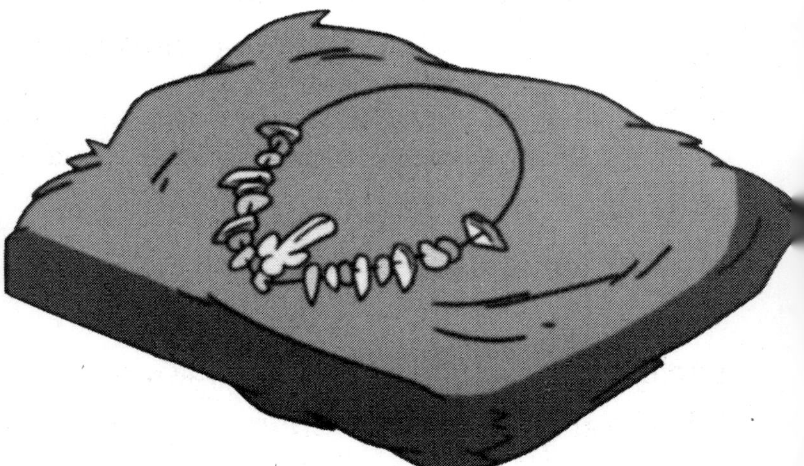

Le jeune homme examina le cadeau en rougissant et en souriant.

– Ce témoignage d'amitié touche le cœur de Rahan, répondit-il.

Il marqua une pause avant d'ajouter :

– Cependant, Rahan ne l'emportera pas avec lui.

Ursus secoua la tête, désespéré. Son ami n'avait vraiment aucun sens de la diplomatie : les Loups risquaient fort d'interpréter ce refus comme un affront.

– Tu veux absolument nous attirer des ennuis ou quoi ? marmonna la petite créature.

– Rahan laisse son trophée ici, continua le fils de Craô, pour qu'une partie de lui reste toujours avec le clan des Loups. Et, si votre chef l'y autorise, il le confiera à quelqu'un en qui il a toute confiance.

Il s'était tourné vers Enok en prononçant ses mots.

– Quelqu'un qui a également risqué sa vie, précisa Rahan.

En effet, Enok avait failli se faire capturer dix fois avant de finalement réussir à semer Bakur et ses guerriers. Ses cheveux avaient retrouvé leur couleur naturelle. Sa peau, par contre, prit la teinte rouge de la gêne mêlée à la fierté. Il ne savait plus où se mettre.

– Tu es libre de disposer de ton cadeau comme tu le veux, Cheveux de Feu, trancha Mogo avec un sourire.

Rahan donna le collier au courageux garçon sous les applaudissements du clan. Son regard croisa celui de Noama, qui était plein de reconnaissance et d'admiration, puis celui, franchement hostile, du sorcier des Loups.

Rahan plissa le front, soucieux. Il venait de voir le pendentif accroché au cou de Drak : un petit bijou en forme de papillon !

« On n'en a pas fini, avec ce maudit sorcier », songea le fils de Craô.

Fin

Dictionnaire CRAÔ-FRANÇAIS

Boak : Boa

Cou-sans-plume : Vautour

Gorak : Tigre à dents de sabre

Longue-corne : Rhinocéros

Peau-de-bois : Crocodile

Sabots-de-vent : Cheval sauvage

RAHAN
Les sentiers de la guerre
RAHAN
RAHAN
Les Eaux Mortes
bayard poche
RAHAN
Les grands troupeaux
RAHAN
magique
bayard poche
Christophe Lambert

Si tu as aimé cette histoire,
découvre vite :

L'esprit de l'ours
Les sentiers de la guerre
Les grands troupeaux
Les Eaux Mortes
L'arme magique
La Montagne qui Pleure